Sur la piste de la

SUPERGLU

KENNETH OPPEL

Sur la piste de la SUPERGLU

Illustrations de
Sam Sisco

Texte français de
Marie-Andrée Clermont

Les éditions Scholastic

Données de catalogage avant publication de la Bibliothèque nationale
du Canada

Oppel, Kenneth
[Weird case of super-goo. Français]
   Sur la piste de la superglu

Traduction de: A weird case of super-goo.
Pour enfants de 7 à 10 ans.
ISBN 0-439-98913-2

I. Sisco, Sam II. Clermont, Marie-Andrée III. Titre.

PS8579.P64W4414 2002   jC813'.54   C2001-902740-0
PZ23.O66Su 2002

Édition publiée par Les éditions Scholastic,
175 Hillmount Road, Markham (Ontario) L6C 1Z7 CANADA.

        5 4 3 2 1   Imprimé au Canada   02 03 04 05

Pour Philippa

Chapitre 1

Une tignasse flamboyante

— J'EN AI RAS LE BOL de vous deux! s'écrie Gilles. Je démissionne.

— Franchement, Gilles, dit Tina, pas besoin de faire tout un plat pour un simple petit pépin de rien du tout.

— T'as vu mes cheveux? Mais regarde-les donc, un peu! Orange! Ce n'est pas ce que j'appellerais un simple petit pépin de rien du tout.

Gilles se retourne vers le miroir et examine avec horreur l'image qui s'y reflète. Comment a-t-il pu être idiot au point de se proposer comme cobaye

1

pour tester la dernière invention de Tina? Il fusille du regard le casque de métal fumant qui, il y a quelques secondes encore, était fixé sur sa tête. L'égouttoir de cervelle, comme l'a baptisé Tina, est surchargé de lumières et de cadrans de toutes sortes, et piqué de touffes de fils qui courent sur le plancher du sous-sol pour se relier à une petite radio.

Cela devait se passer comme ceci : on lui enfonçait le casque sur la tête et il essayait de se concentrer sur la radio. La puissance des ondes de son cerveau devait alors se transformer en électricité et allumer la radio. Tina prétend même qu'avec des ondes suffisamment fortes, le cerveau pouvait changer de poste.

Sauf que ça n'a pas marché comme ça. En fait, ça n'a pas marché du tout. Gilles a passé une demi-heure, assis sur la chaise, à se concentrer si fort qu'il en a mal à la tête et le cou tout raide. À l'autre bout de l'atelier, la petite radio était là, silencieuse. Les yeux sur son chronomètre, Tina s'est impatientée :

— Allez, Gilles, tu n'essaies pas assez fort.

— Je voudrais t'y voir! a grogné Gilles.

Le casque commençait à surchauffer sur sa tête.

— Les ondes de ton cerveau doivent être très faibles, a alors commenté Tina, contrariée. Bien petit cerveau, en vérité.

— À mon tour d'essayer, a proposé Kevin.

— Non, merci, Kevin. Au moins Gilles a un cerveau, lui.

Lorsque le casque s'est mis à bourdonner et la fumée à s'en échapper, Gilles l'a arraché de sa tête, exaspéré.

— Ça suffit! Tu vois bien que ça ne marche pas! Il ne s'est rien passé.

Et pourtant, oui, il s'est bel et bien passé quelque chose : Gilles a maintenant les cheveux orange!

— Ils vont sans doute reprendre leur couleur naturelle en repoussant, Gilles, assure Tina. D'ici quelques mois.

— Allons, ce n'est pas si grave, enchaîne Kevin, qui a beaucoup de mal à garder son sérieux. Des tas de copains, à l'école, rêvent d'une tignasse semblable. Enfin, je veux dire, c'est une couleur magnifique! Poil-de-carotte!

Mais voilà que le frère et la sœur, pliés en deux, les yeux bien fermés, sont secoués par un fou rire incontrôlable.

— Woh! glapit Gilles, j'en ai assez de vos inventions débiles! Et de vos simples petits pépins de rien du tout! Si vous voulez le savoir, votre entreprise de sans génie me donne mal au cœur! Je démissionne!

* * *

— Je viens de laisser tomber les Génies Quark incorporés, annonce Gilles en mettant les pieds dans la maison. Maman, papa? dit-il en claquant la porte derrière lui.

— Par ici! répond la voix de son père, du salon.

Gilles traverse le hall et s'arrête dans l'embrasure, guettant la réaction de ses parents à la vue de ses cheveux. M. et Mme Barnes sont assis côte à côte sur le sofa et donnent l'impression d'y être depuis longtemps. Son regard vague errant par-delà la fenêtre, Mme Barnes tient une tasse de thé entre ses mains.

— Salut, Gilles, fait M. Barnes en jetant un coup d'œil distrait à son fils.

— Vous ne remarquez rien? s'étonne le garçon. Vous ne voyez pas que j'ai quelque chose de différent? Mes cheveux, par exemple?

— Tiens, ils sont orange, dit M. Barnes avec indifférence.

Le garçon comprend alors qu'il doit se passer quelque chose de grave.

— Est-ce que tout va bien? demande-t-il avec anxiété. Il y a quelqu'un de malade?

— Mais non, le rassure son père. Ta mère est encore sous le choc du coup de téléphone qu'elle vient de recevoir. Ta tante Lilianne lui a annoncé son arrivée. Elle s'en vient rester ici.

Chapitre 2

Une arrivée spectaculaire

TANTE LILIANNE est une spécialiste en sciences occultes : elle peut dire la bonne aventure, lire les lignes de la main, interpréter les cartes de tarot et prédire l'avenir en observant les astres. Elle s'y connaît également très bien en fantômes, en lutins et en vampires.

C'est la sœur cadette de Mme Barnes et, malgré ce que sa mère en dit, Gilles l'aime bien. Son style original l'amuse : les châles et les turbans dont elle se couvre, ses joues trop fardées, ses yeux trop maquillés. Il raffole des histoires de fantômes qu'elle raconte à chaque visite. Il apprécie sa manière extravagante de parler et de faire les choses, comme lorsqu'elle récite de vieux poèmes ou qu'elle flambe des légumes pour le souper. Une seule chose lui déplaît chez sa tante : elle fume. Et ses cigarettes sont les plus puantes qu'il ait jamais senties.

— Elle arrive dans quinze minutes, dit Mme Barnes d'une voix creuse, hébétée.

— Combien de temps va-t-elle rester? demande Gilles, en s'efforçant de ne pas paraître trop enthousiaste.

— Env-viron d-deux sem-maines, bégaie sa mère. Je ne sais pas si je vais pouvoir tenir le coup, avoue-t-elle à son mari.

— Tout va bien se passer, Élizabeth, promet celui-ci. Tu travailles à l'université presque chaque jour et, le soir, nous serons avec toi.

Mme Barnes secoue la tête en silence, tout en aspirant son thé à petites gorgées saccadées. Elle paraît désespérée. Gilles sait que tante Lilianne la rend folle. Ça remonte à leur enfance, lorsque sa mère devait toujours prendre soin de la petite Lilianne, nettoyer derrière elle et la tirer du pétrin.

Lorsque sa petite sœur faisait un dégât ou un mauvais coup — ce qui arrivait presque chaque jour, quand ce n'était pas deux fois par jour — c'est souvent la mère de Gilles qui était blâmée. Celle-ci affirme avoir été la gardienne d'enfant la plus surmenée au monde.

Les crimes de tante Lilianne font l'objet de toutes sortes de récits fabuleux : un jour, elle a failli mettre le feu aux chats. Une autre fois, elle s'est barbouillé tout le corps avec de la peinture rose. Plus vieille, elle invitait des copines à coucher chez elle et organisait des séances pour converser avec des esprits de gangsters morts depuis longtemps. Certaines de ses amies en étaient tellement terrifiées que leurs parents devaient venir les chercher au beau milieu de la nuit pour les ramener à la maison.

— Pourquoi vient-elle, au juste? s'informe Gilles.

— Je n'ai pas trop bien compris la raison, dit M. Barnes, mais je pense que ça a rapport avec son appartement qui doit être décontaminé.

Gilles se réjouit de la venue de sa tante Lilianne... au point d'en oublier sa chevelure

orange. Ces Quark à la gomme! Eh bien, avec la visite de sa tante, il ne remarquera même pas l'absence de Tina et de Kevin dans sa vie. Il peut très bien se passer d'eux.

Une voiture s'arrête devant la maison, dans une fanfare de klaxon!

— Je déteste quand elle fait ça, siffle Mme Barnes entre ses dents.

— Garde ton calme, Élizabeth, et ce sera beaucoup plus facile.

— D'accord, dit-elle en se levant.

Elle se dirige vers la porte comme une zombie.

— Respire par le nez, lui recommande son mari.

Mme Barnes s'exécute.

— Et un sourire…

La mère de Gilles obéit de nouveau, et Gilles peut pratiquement entendre la bouche de sa mère craquer tandis qu'elle s'efforce d'y plaquer un grand sourire naturel et amical. Ça lui donne l'air d'un clown maniaque.

Avant qu'elle puisse mettre la main sur la poignée, la porte s'ouvre avec fracas, et tante Lilianne entre en coup de vent.

— Allô, allô! crie-t-elle. Me voilà enfin! Désolée d'avoir mis autant de temps à arriver, mais la circulation était épouvantable! Bonjour, Élizabeth, tu es ravissante. Bonjour, Matt. Bonjour, Gilles.

Le garçon se retrouve dans ses bras, étourdi par son parfum. Sa tante lui plaque deux grosses bises sur les joues, puis le tient à bout de bras pour une inspection complète.

— Oh, Gilles, roucoule-t-elle, j'a-dore tes cheveux.

— C'est un accident.

— Ne dis pas de sottises! Ils sont parfaits, brillants et magnifiques! Tout à fait toi!

— Moi?

— Oh, oui. L'orange te va à merveille. Il convient à ton teint, et à ton signe astrologique, bien sûr. Scorpion, c'est bien ça?

— Exact, confirme Gilles, impressionné qu'elle s'en souvienne.

— Que dirais-tu d'une tasse de thé, Lilianne? propose Mme Barnes. Gilles et Matt vont s'occuper de tes bagages.

— C'est que j'ai intérêt à surveiller les

opérations, répond tante Lilianne. Il y a du matériel pas mal précieux, là-dedans.

Ils se dirigent tous vers son auto, remplie à craquer de valises et de cartons.

— C'est quoi, tout ce bazar? interroge Mme Barnes, renversée.

— Oh, seulement quelques bricoles, en vérité. Des petits ci, des petits ça, tu sais bien.

— Qu'y a-t-il dans toutes ces boîtes, Lilianne? insiste Mme Barnes, soudain méfiante.

— Des herbages, des épices, des racines et des baies, répond la tante. Attends, dit-elle à Gilles qui s'apprête à soulever un petit coffret en bois, je ferais mieux de le transporter moi-même, celui-là. Il est un peu fragile, avec tout le verre qu'il y a dedans.

Gilles a juste le temps d'apercevoir, à l'intérieur, une rangée de fioles. L'une contient un liquide de couleur vive, une autre, des poudres verte et pourpre. Une troisième semble renfermer de minuscules globes oculaires.

Une fois la voiture vidée et tout le bataclan de la tante Lilianne monté dans la chambre d'amis, ils s'assoient au salon pour bavarder.

— C'est vraiment très gentil à vous de m'accueillir, dit tante Lilianne. Il n'y avait tout simplement pas moyen de contourner le problème : il fallait que je fasse vaporiser mon appartement.

— Pour une infestation de vermine? demande Gilles.

— Non, non, rigole-t-elle, pas de vermine. Une infestation d'esprits, plutôt. De vampires, aussi. Un ou deux démons avec ça. Il y en a partout. J'ai fait appel à l'exterminateur paranormal. Il devrait en venir à bout en deux temps trois mouvements.

— D'où viennent-ils, tous ces esprits? fait Gilles, curieux.

— Oh, tu sais, des endroits habituels. Certains ont pu bondir hors d'un cimetière ou s'échapper d'un vieil album poussiéreux. Ou alors j'aurai été suivie en revenant de la librairie occulte. Ce sont des choses qui arrivent, conclut-elle en balayant l'air de ses mains.

— À certaines personnes, marmonne Mme Barnes.

— Mais, nous avons déjà eu des fantômes, ici même, intervient Gilles.

— Oui, sauf que ça n'avait rien à voir avec nous, s'indigne Mme Barnes, qui n'apprécie guère se faire rappeler cet épisode de leur vie. La maison était hantée lorsque nous y avons emménagé, voilà tout. Nous n'en avions jamais été prévenus.

— C'est vrai? s'écrie tante Lilianne, le visage allumé. Oh, que j'aimerais connaître cette histoire! Tu me la raconteras, plus tard, Gilles. D'accord?

— Et ton travail, Lilianne, ça va? demande M. Barnes, poliment.

— Eh bien, les choses fonctionnent un peu au ralenti. Pour tout vous dire, je suis au chômage. Les horoscopes ont moins la cote qu'avant. Ce qui marche en grande, ces temps-ci, ce sont les cristaux et l'aromathérapie.

Un sourire mystérieux égaie tout à coup son visage.

— Sauf que, depuis quelque temps, je travaille à un projet de mon cru : un petit à-côté très prometteur.

— Oh? s'affole Mme Barnes.

— Une nouvelle pommade contre les rides, précise tante Lilianne. Je suis en train de mettre la touche finale à la recette.

— Tu l'as inventée toi-même? demande Gilles.

— Disons que j'ai fait quelques emprunts à gauche et à droite. J'ai d'ailleurs apporté mon équipement avec moi pour éviter de prendre du retard. C'est pour ça que j'ai autant de bagages. J'ai pensé que tu pourrais me donner un coup de main dans tes temps libres, après l'école.

— Oh, avec plaisir, lance Gilles.

— Hum, Lilianne, demande Mme Barnes en pesant ses mots, ta nouvelle pommade antirides ne ferait pas appel, par hasard, à quelque magicaillerie bizarroïde?

— Oh, non, pas de magicaillerie bizarroïde, assure tante Lilianne en riant.

— Tant mieux, fait Mme Barnes, soulagée.

— Une simple recette de cuisine, affirme tante Lilianne avec un sourire ingénu. À base de bons vieux herbages et de quelques épices.

Chapitre 3

La superglu

« AVEC MES CHEVEUX ORANGE, l'école va être un véritable supplice! » songe Gilles.

En effet, tandis qu'il parcourt le corridor pour se rendre à son casier, il sent tous les regards peser sur lui. Il entend des rires et des chuchotements, puis des plaisanteries :

— Hé, Gilles, t'as l'air d'un feu follet!

— Ouille! Est-ce qu'on peut toucher tes cheveux sans se brûler?

— On dirait qu'une bombe atomique a éclaté au-dessus de ta tête!

Les joues en feu, le garçon regarde droit devant

lui en faisant celui qui n'entend rien. Jamais, de toute sa vie, il ne s'est senti aussi gêné. Il aurait voulu se teindre les cheveux pour leur redonner leur couleur naturelle, mais avec la commotion créée par l'arrivée de sa tante, il n'en a pas eu le temps. Il devra donc vivre avec sa tignasse flamboyante pendant toute la journée.

En classe, il se tient le plus loin possible de Kevin et de Tina, évitant même de regarder dans leur direction. Mais Kevin le rattrape pendant la récréation du matin.

— Tu n'étais pas sérieux, tu ne peux pas nous laisser tomber, hein, Gilles?

— Bien sûr que je peux, répond celui-ci en s'éloignant.

— Eh bien, à ta place, je ne ferais pas ça, dit Kevin, qui accélère le pas pour ne pas se laisser distancer.

— Et pourquoi pas?

— Parce que Tina te cherche déjà un remplaçant!

— Ça ne me dérange pas. Maintenant, tu m'excuseras, il faut que j'aille à mon cours d'anglais.

— Tu vas le regretter, Gilles! Tu verras, ce n'est pas si facile de trouver du travail dans une entreprise de génies!

Gilles poursuit son chemin.

— Tu ne pourras pas toujours nous ignorer! ajoute Kevin.

— Je n'aurai aucune difficulté, affirme Gilles.

* * *

— Ah, Gilles! Tu arrives à point! s'écrie tante Lilianne lorsqu'il entre dans la cuisine, après l'école.

« À point pour quoi, au juste? s'alarme Gilles. Pour la fin du monde? »

Il a l'impression de pénétrer dans le laboratoire d'un scientifique capoté. Quatre marmites bouillonnent sur la cuisinière, quelque chose grésille dans le micro-ondes, le mélangeur fonctionne à plein régime, et le robot culinaire hache, tranche et coupe sans relâche. Tante Lilianne brasse une mixture à l'aide du malaxeur. Le comptoir est jonché de petits tas d'épices et d'herbes bizarres, ainsi que de fioles remplies de substances visqueuses et colorées. Des douzaines de livres ouverts sont appuyés ici et là. Ce sont d'anciens livres de recettes à base d'herbages, aux pages piquetées de taches et d'éclaboussures, à force d'avoir servi.

« Maman n'en reviendra pas quand elle va voir ce fouillis », songe Gilles.

— Ça s'en vient! lui confie tante Lilianne. Je suis sur le point d'aboutir. Comme dans l'art de préparer un bon repas, il faut savoir ajouter le bon ingrédient au bon moment. C'est pourquoi je vais avoir besoin d'une paire de mains supplémentaires pour m'aider. Te sens-tu d'attaque?

— Hum, je peux bien essayer.

— Et alors, l'école, c'était amusant?

— Pas du tout. J'aimerais bien être un adulte! se lamente Gilles.

— Et pourquoi? s'étonne tante Lilianne.

— Je n'aurais pas besoin d'aller à l'école et d'entendre les autres rire de mes cheveux orange. Et je ne serais plus obligé de voir Kevin et Tina. Je pourrais tout simplement aller travailler comme papa, maman et tous les autres adultes ordinaires.

— Oh, Gilles, une fois adulte, on a plein de

responsabilités. C'est bien mieux de rester enfant et de vivre sans soucis! Je changerais de place avec toi n'importe quand. Bon, pour le moment, remonte tes manches, car ça pourrait devenir salissant! Viens que je t'explique ce qu'on va faire.

Elle lui fait faire le tour de la cuisine en lui décrivant ce qu'il y a dans chaque contenant.

— Dans cette marmite, il y a des yeux d'alligator. Dans la casserole, ici, je prépare une crème d'orchidée. Ce qui bouillonne, là-bas, c'est du crachat de cochon... Elle saisit soudain un sablier démodé et constate que tout le sable s'est écoulé dans le compartiment inférieur.

— C'est le moment! annonce-t-elle. Allez, Gilles, enfile les mitaines isolantes! Es-tu prêt?

— Prêt! crie-t-il pour couvrir le vacarme produit par les glouglous, sifflements, gargouillements et autres bruits de la cuisine.

— Eh bien, on y va!

Tante Lilianne et Gilles s'agitent ici et là, mélangeant et versant les contenus des casseroles et des marmites. Puis les ordres se succèdent rapidement :

— Verse ça ici! crie tante Lilianne. Bon, remue un peu! Brasse plus fort! Remue encore! Maintenant, allez, écrase! Non, fouette! implore-t-elle enfin dans un gémissement. Fouette à tour de bras, comme si ta vie en dépendait!

Un véritable tohu-bohu s'ensuit. Entre les bip-bip du micro-ondes et les sifflements du grille-pain d'où s'échappe une fumée suspecte, les herbes et les épices volent à travers la pièce au fur et à mesure que tante Lilianne les jette en pluie dans un énorme chaudron. L'écriture se met à rougeoyer dans les vieux livres de recettes. Il faut encore ajouter la substance visqueuse verte, ainsi que les yeux d'alligator réduits en purée et les sabots de chèvre. Le chaudron se remplit rapidement de cette étrange mixture qui bout à gros bouillons, éclaboussant à la volée et répandant une puanteur diabolique.

— Super! s'extasie tante Lilianne. Dans le four, maintenant! Ouvre la porte, et tiens-toi bien : j'arrive!

Gilles obéit et manque de se faire souffler par la bouffée de chaleur intense qu'il reçoit au visage. Il

doit faire un million de degrés là-dedans. Tante Lilianne flanque le chaudron dans la bouche chauffée à blanc du four transformé en fournaise, puis elle en claque la porte en haletant bruyamment.

— Formidable! dit-elle. De première classe, Gilles. Maintenant il suffit d'attendre dix minutes pour voir le résultat!

* * *

— Chose certaine, ils ne plaisantaient pas quand ils disaient que ça réduirait! constate tante Lilianne en examinant le contenu du chaudron brûlant. Il ne reste plus grand-chose, pas vrai?

Gilles regarde à son tour. Au fond du chaudron repose une mince couche luisante de matière visqueuse aux reflets bleuâtres.

— De la superglu! dit le garçon.

Le mot lui est venu à l'esprit spontanément pour décrire la substance en question, assurément la plus dégueulasse qu'il ait jamais vue de sa vie. Et quelle affreuse puanteur!

— On va voir ce qu'on va voir! s'écrie tante Lilianne.

Elle étend une petite quantité de superglu sur le bout de son doigt.

— Ouille, c'est encore chaud. Tu en veux?

— Non, merci, ça va.

Tante Lilianne applique un peu de pommade sur sa joue, puis replonge le doigt dans le chaudron.

— Quelle sensation agréable! dit-elle. Selon moi, on est sur une bonne piste, Gilles. Je sens déjà ma peau qui s'adoucit et mes rides qui s'estompent! Maintenant, attaquons-nous à ces pattes d'oie que j'ai autour des yeux. Ahhh, ouiii...

Un soupçon par-ci, un soupçon par-là, et elle finit par étaler toute la pommade. Lorsqu'elle s'arrête enfin, le chaudron est vide et elle a le visage presque tout bleu.

— Je te le dis, Gilles, cette pommade m'inspire une grande confiance. Ah oui, je me sens vraiment bien.

— Je ne voudrais pas te faire peur, ma tante, mais ton visage commence à avoir un drôle de reflet. On dirait qu'il luit.

— Vraiment?

Gilles fait oui de la tête. Plus de doute, maintenant : une aura d'un bleu intense et transparent émane de la peau de sa tante et lui enveloppe la tête. Mais Lilianne ne semble pas s'en inquiéter outre mesure. Elle se dirige vers un miroir pour s'y regarder de plus près.

— Il y a là un certain reflet, c'est évident, confirme-t-elle joyeusement. Les livres disaient que ça pouvait arriver. Un reflet de bonne santé, Gilles, voilà ce que c'est. Ça va finir par disparaître, j'en suis sûre.

Mais c'est le contraire qui se produit : l'aura envahit le reste de son corps, par-dessus ses vêtements, se répand le long de son cou et de ses bras, couvre sa poitrine et descend vers ses jambes.

— Hummm, cette pommade est un peu plus puissante que je croyais. Mais tu sais, Gilles, je me sens réellement rajeunie. Est-ce que j'en ai l'air?

Effectivement, tante Lilianne paraît bel et bien plus jeune qu'avant.

Plus courte, aussi.

Et plus mince! Elle flotte dans ses vêtements, qui s'affaissent aux épaules et pendouillent autour de ses hanches et de ses chevilles.

— Hum, ma tante, dit Gilles, je pense que tu es en train de ratatiner.

Elle retourne au miroir.

— Ma foi, je pense que tu as raison.

Sa voix n'est plus la même : elle parle maintenant avec une intonation légèrement plus haute. Son visage se transforme, devient plus lisse, plus rond. Ses cheveux allongent et se mettent à frisotter. Et en même temps, la tante rapetisse et rapetisse encore. Elle se transforme à vue d'œil!

— Merveilleux! se réjouit-elle. Enfin, je veux dire, regarde-moi! J'ai l'air vingt ans plus jeune... euh, peut-être même vingt-deux, vingt-trois, vingt-quatre...

— Tante Lilianne? dit Gilles.

Et voilà que la mystérieuse aura disparaît tout d'un coup. Debout devant lui se trouve une fillette qui ne paraît guère plus vieille que lui.

— Eh bien, je pense que ça a fonctionné, dit-elle. Nous avons élaboré un produit gagnant, Gilles!

Sur ces entrefaites, le garçon entend la porte d'entrée s'ouvrir.

— Allô! appelle Mme Barnes.

Chapitre 4

Une tante un peu spéciale

MME BARNES ENTRE dans la cuisine et s'arrête net en apercevant le chaos monumental qui y règne. Elle exige des explications :

— Voulez-vous bien m'expliquer ce que vous avez fait?

— Juste une petite expérience, Élizabeth, répond Lilianne.

Immobiles, la tante et le neveu surveillent la réaction de Mme Barnes. Mais celle-ci est trop occupée à constater l'ampleur des dégâts : les casseroles et les marmites crasseuses, les flaques dégueulasses sur les comptoirs, les empreintes visqueuses sur les carreaux du plancher.

— Eh bien, vous allez me nettoyer ça immédiatement, tous les deux! Je savais bien que ça arriverait, Lilianne, avec toutes les magicailleries... que tu... que tu...

Le regard de Mme Barnes se pose alors sur sa sœur cadette, et sur les vêtements trop grands qui pendent autour de sa silhouette de petite fille. L'étonnement et la confusion se lisent sur son visage.

— Lilianne? dit-elle. Qu'est-il arrivé à tes vêtements?

— À mes vêtements? fait tante Lilianne, interloquée. Que veux-tu dire?

— Ils sont énormes! dit Mme Barnes. Que fais-tu avec des vêtements... si... grands... si...

Les yeux écarquillés, elle a un sursaut.

— Lilianne, tu es si petite!

— Je suis jeune, renchérit celle-ci, joyeuse.

— Elle a environ onze ans, selon moi, dit Gilles.

Suspicieuse, Mme Barnes fronce les sourcils.

— Bon ça suffit, je veux savoir ce qui se passe. Qu'est-ce que vous avez fait?

— C'est la superglu, gémit Gilles.

— Ma pommade contre les rides, explique tante Lilianne. Très efficace!

— Un peu trop, précise Gilles.

— Elle t'a transformée en fillette de onze ans? dit Mme Barnes d'une voix hébétée. Toutes ces herbes et ces épices et ces recettes de grand-mère?

— N'est-ce pas merveilleux?

— Pas du tout! hurle Mme Barnes. J'ai passé toute mon enfance à m'occuper de toi, et je n'ai pas envie de recommencer! Maintenant, tu vas me faire le plaisir de grandir, là, tout de suite!

— Il pourrait y avoir un petit problème...

— Lequel?

— Eh bien, tout d'abord, l'effet de ma pommade antirides est peut-être permanent. Ensuite, je n'ai pas envie de grandir.

— Qu'est-ce que tu veux dire par « un petit problème »? Tu n'as pas l'intention de rester comme ça! À onze ans?

— Mais bien sûr. Combien de gens ont l'occasion de retrouver leur jeunesse, Élizabeth? C'est une chance inouïe!

— Ça non! tonne Mme Barnes. Jamais de la vie. Pas question que tu demeures une enfant, Lilianne. Absolument pas.

— Eh bien, moi, je te dis que oui, affirme tante Lilianne en souriant d'un air obstiné.

* * *

— Elle ne peut pas demeurer ici! glapit Mme Barnes. Je ne veux plus l'avoir dans cette maison!

— Élizabeth, on ne peut pas la renvoyer comme ça! plaide M. Barnes.

— C'est seulement une enfant, intervient Gilles.

— Non, non, c'est une femme adulte! rectifie sa mère, sévèrement. Elle a seulement l'air d'une enfant... et je ne veux pas la garder chez moi!

Ils sont assis autour de la table dans la salle à manger tandis que tante Lilianne, là-haut dans la chambre d'amis, fait jouer la radio à tue-tête en chantant au son de la musique.

— Élizabeth, lui dit son mari, toutes les personnes qui la verront penseront qu'elle a onze ans. Elle ne pourra pas trouver de travail, ni même conduire sa voiture avec son allure actuelle. Si on la met dehors, les policiers vont nous arrêter. Essaie donc de leur expliquer cette histoire de pommade antirides aux herbes!

— Dans ce cas, qu'elle retourne chez elle!

— Son appartement est encore en train de se faire décontaminer, lui rappelle Gilles. Les esprits...

Mme Barnes s'efforce de contrôler sa fureur.

— Bien sûr, raille-t-elle en grinçant des dents, j'oubliais les fichus esprits de ma chère sœur.

— Pour le moment, elle va devoir rester ici, conclut M. Barnes. Il faut s'y faire. Peut-être la pommade antirides va-t-elle finir par ne plus faire effet. Qui sait si demain, à son réveil, elle n'aura pas retrouvé son apparence normale?

— Ça, j'en doute! riposte Mme Barnes d'une voix sinistre. Telle que je connais Lilianne, elle a dû s'arranger pour rendre ça très compliqué. Je te le dis, Matt, l'effet est permanent.

— Peut-être existe-t-il une autre recette de superglu qui lui rendrait son apparence normale? émet Gilles.

— Je ne veux plus entendre parler de superglu! tranche Mme Barnes. Dès demain matin, j'emmène ma sœur chez le médecin pour qu'on en finisse avec cette histoire!

* * *

— Et alors, de quoi s'agit-il? demande le Dr Rot lorsque Mme Barnes entre dans son cabinet en compagnie de Gilles et de tante Lilianne.

Assis derrière son bureau, le médecin lit son courrier et ne se donne même pas la peine de lever les yeux tandis que ses visiteurs s'approchent et s'assoient devant lui. Le Dr Rot ne semble jamais s'intéresser vraiment aux problèmes de ses patients. C'est pour cela que Gilles ne l'aime pas beaucoup. Chaque fois que le garçon vient en consultation, le doc est en train de lire un magazine, de parler au téléphone ou de regarder par la fenêtre, perdu dans ses pensées. Il quitte parfois son fauteuil pour venir jeter un coup d'œil à la gorge de Gilles et lui sonder la poitrine. Il déclare ensuite que ça devrait guérir tout seul.

Mme Barnes se racle la gorge et désigne la fillette à ses côtés.

— Eh bien, ma sœur Lilianne, ici présente, dit-elle, a rajeuni d'environ vingt-cinq ans depuis hier.

— Hum-hum, hum-hum, répond distraitement le Dr Rot, sans interrompre sa lecture. Je suis certain que ça devrait s'arranger tout seul.

— Vous ne semblez pas comprendre ce que je vous raconte, Docteur, insiste Mme Barnes avec fermeté. Hier, elle avait trente-six ans, et aujourd'hui, elle en a onze.

Avec un soupir, le médecin abandonne sa correspondance et se lève. Il regarde tante Lilianne et fronce les sourcils d'un air irrité.

— Cette jeune personne est votre sœur? demande-t-il à Mme Barnes.

— Oui.

— Et vous dites qu'elle a, en réalité, trente-six ans?

— C'est exact.

— J'ai inventé une potion, dit tante Lilianne pour l'aider à comprendre. Une pommade antirides à base d'herbes.

Le médecin semble très peu impressionné par cette précision.

— Une pommade antirides, marmonne-t-il. Je vois. Eh bien, on ferait mieux d'examiner tout ça.

Il jette un coup d'œil à la gorge de tante Lilianne, lui sonde la poitrine, puis se rassoit à son bureau.

— Eh bien, je ne vois rien d'anormal. Elle n'a pas l'air malade. Que voulez-vous que je fasse pour régler le problème?

— Ne pouvez-vous pas lui redonner le physique de son âge?

— Je ne veux pas retrouver le physique de mon âge, Élizabeth! proteste tante Lilianne. Combien de fois faut-il que je te le répète?

Mme Barnes ne porte aucune attention à sa sœur.

— Ce n'est pas normal, dit-elle au médecin. C'est même tout à fait anormal. Elle ne devrait pas ressembler à ça. Vous devez lui prescrire quelque chose qui lui redonnera son apparence de trente-six ans. Tenez, j'ai une photo qui montre de quoi elle devrait avoir l'air.

Elle fouille dans son sac à main, à la recherche de la photo en question, mais le Dr Rot ne manifeste pas le moindre intérêt. Juste à voir le petit sourire narquois qu'il a sur le visage, Gilles comprend que, pour lui, tout ceci n'est qu'une grosse blague. « Ou alors, il nous prend tous pour des idiots », songe-t-il.

— Le conseil que j'ai à vous donner, dit le médecin à tante Lilianne, c'est de profiter de votre seconde jeunesse. Peu d'entre nous se font offrir un cadeau aussi miraculeux. Tirez-en le meilleur parti possible. Sur ce, je vous dis bonjour.

Chapitre 5

La crise de nerfs

LES PREMIERS JOURS, Gilles se plaît bien à l'idée que tante Lilianne ait le même âge que lui. C'est comme d'avoir une sœur. Maintenant qu'il a décidé d'effacer Tina et Kevin de sa vie, c'est formidable d'avoir une nouvelle amie juste là, à la maison. Après l'école, ils regardent la télé ensemble, ou ils font des mots croisés. Parfois ils travaillent à assembler les avions miniatures de Gilles. Tante Lilianne lui enseigne aussi les secrets des cristaux et des horoscopes. Elle n'est pas très douée pour l'aider à faire ses devoirs, cependant, mais ça ne le dérange pas. Il préfère de beaucoup écouter ses histoires de fantômes! Elle en a toujours de nouvelles à lui raconter.

Et les Quark ne lui manquent même pas! Franchement, c'est un soulagement d'être libéré des Génies Quark, de ne plus être continuellement sur le qui-vive, avec une nouvelle énigme à résoudre, un mystérieux problème à éclaircir ou une nouvelle invention de Tina à tester! Gilles a du mal à supporter l'attitude exaspérante de Tina, Mlle *Je-sais-tout*, et les idées farfelues de Kevin. Trop d'ennuis, tout ça! Non, il en a fini pour de bon avec eux et il ne s'en plaint pas.

En ce qui concerne ses cheveux orange, il a essayé à plusieurs reprises de leur redonner leur couleur normale à l'aide d'une teinture, mais en vain. Chaque fois qu'il court hors de la douche pour vérifier dans le miroir le résultat du traitement, ils sont toujours orange flamboyant. Rien d'autre à faire que de les laisser repousser. Au moins, tante Lilianne n'en rit pas, elle, comme tous les élèves de l'école!

Inutile de dire que Mme Barnes ne partage pas l'enthousiasme de son fils pour la nouvelle tante Lilianne. Elle essaie parfois de faire réagir sa sœur :

— Et ton travail, Lilianne? N'as-tu pas envie de reprendre ton boulot?

— Pas vraiment.

— Et ton appartement? Tu vas vouloir retrouver ton chez-toi!

— En fait, j'envisage de le louer.

— Et Roger, alors, ton ami de cœur? demande Mme Barnes, en désespoir de cause. Tu ne t'ennuies pas de lui? Il ne sera pas très content de ce qui t'arrive!

— Je ne l'ai jamais aimé tant que ça, en réalité. Non, Élizabeth, je suis contente de laisser tout cela derrière. La situation me convient parfaitement, telle qu'elle est.

Au cours des jours suivants, Gilles commence cependant à comprendre les sentiments de sa mère. Il constate, en tout cas, que sa tante s'éparpille partout. À son arrivée, en tant qu'adulte, elle gardait au moins son désordre dans la chambre d'amis, mais maintenant qu'elle a onze ans, son fouillis s'étend au couloir, à la salle de bains, à l'escalier principal, au salon et à la cuisine. Ses affaires traînent partout, morceaux de vêtements

par-ci, brosses à cheveux par-là, sans parler de ses souliers, de ses cassettes et de ses livres d'astrologie.

Et il y a quelque chose de troublant dans le fait que tante Lilianne paraisse jeune sans l'être vraiment. Par exemple, elle fume encore, et plus que jamais, tirant bouffée après bouffée, plongée dans ses magazines. Et cette habitude qu'elle a d'engloutir son vodka-martini chaque soir avant le souper. Ou sa manie de veiller jusqu'aux petites heures à regarder de vieux films à la télé. Sans même être obligée d'aller à l'école, ce qui, aux yeux de Gilles, est parfaitement injuste.

Même si la maison est plutôt spacieuse, tante Lilianne donne l'impression de la remplir complètement. Elle se prélasse dans la baignoire pendant des heures, et prend parfois deux bains par jour. Au petit déjeuner, elle finit les céréales préférées de Gilles, et tant pis s'il n'en reste pas pour lui. Après l'école, elle insiste pour regarder ses émissions préférées. Elle accapare le fauteuil favori de M. Barnes. Elle emprunte le séchoir à cheveux et le fer à friser de Mme Barnes sans obtenir d'abord la permission. Gilles se rend compte qu'elle n'est pas très portée sur le partage.

Et voilà qu'un bon jour, Mme Barnes décide que la situation a assez duré.

Gilles et sa mère reviennent d'un rendez-vous chez le dentiste. En mettant le pied dans le vestibule, le garçon a l'impression que la maison est en train de brûler : il y a tellement de fumée dans le salon qu'il voit à peine sa tante. Comme d'habitude, celle-ci est affalée devant la télé, fumant comme une cheminée. Pêle-mêle sur le plancher gisent des sacs de grignotines, des canettes de boisson gazeuse et une douzaine de cendriers débordants.

— Oh, salut, vous autres! dit Lilianne, en levant une main paresseuse.

Gilles constate alors que ce n'est pas seulement la cigarette qui enfume la pièce. Il y a aussi une autre odeur.

— Lilianne, tu n'as pas oublié de sortir le rôti du four, hein? s'écrie Mme Barnes, affolée.

— Ah, le rôti. Oups! dit Lilianne, d'une voix plutôt indifférente.

Mme Barnes se précipite dans la cuisine.

— Lilianne! rugit-elle. Il est complètement calciné. Je t'avais dit de le sortir à quatre heures!

Lilianne éteint le téléviseur.

— De toute façon, j'avais envie d'un végéburger, dit-elle en bâillant.

Elle se relève et enfile son manteau.

— Je peux vous rapporter quelque chose du magasin tandis que j'y suis? Non? Eh bien, à tout à l'heure!

— Tu ne vas nulle part, dit Mme Barnes.

Interloqué, Gilles lève les yeux vers sa mère. Il ne l'a pas entendue parler sur ce ton depuis le jour où, à l'âge de huit ans, il avait utilisé le sofa comme trampoline, malgré sa défense expresse, pour atterrir sur la table de bout et fracasser son vase préféré. Elle a cette voix particulière qui fait qu'on arrête tout et qu'on fige sur place.

C'est aussi l'effet qu'elle a sur tante Lilianne.

— Enlève ton manteau, ordonne Mme Barnes de ce ton calme mais dur comme l'acier. Maintenant... file dans ta chambre immédiatement!

* * *

— Lilianne, dit Mme Barnes avec sévérité, puisque tu es déterminée à rester jeune, nous avons décidé de te traiter comme si tu l'étais pour vrai.

Après avoir gardé sa sœur enfermée dans sa chambre pendant une heure, Mme Barnes l'a convoquée à la salle à manger. Gilles et son père sont là, eux aussi, assis solennellement autour de la table. Tous trois viennent de tenir un conseil de famille et ils ont maintenant un plan d'attaque.

Un peu méfiante, tante Lilianne tire une bouffée de sa cigarette.

— Qu'est-ce que tu veux dire par là? demande-t-elle.

— Tout d'abord, tu vas te coucher à huit heures tous les soirs, répond Mme Barnes. Après tout, il va falloir te lever de bonne heure pour te rendre à l'école.

— Je n'ai pas besoin d'aller à l'école. J'y suis déjà allée. J'ai tout appris.

— Il y a toujours de nouvelles choses à apprendre, Lilianne, intervient M. Barnes. Moi-même, l'autre jour, Gilles m'a fait découvrir des glaciers et de nouveaux verbes anglais.

— En plus, tu mangeras des choux de Bruxelles pour souper au moins trois fois par semaine, poursuit Mme Barnes.

— Mais je déteste ça, Élizabeth. Je n'ai jamais aimé ça. Tu le sais bien.

— Très nutritif, affirme Mme Barnes. Bien sûr, tu ne regarderas qu'une seule heure de télévision, les soirs de semaine. Et tes leçons de piano commencent dès maintenant.

— Tu es folle? Je ne veux pas apprendre le piano!

— Et, dernière chose, tu vas devoir cesser de fumer.

Elle étend le bras à travers la table et retire la cigarette de la bouche de Lilianne, l'écrasant dans le cendrier avec un sourire.

— C'est très mauvais pour les jeunes.

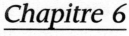

Chapitre 6

Changement de cap

— DIX SUR VINGT-CINQ! gémit tante Lilianne. Je n'en reviens pas!

Gilles hoche la tête. Mlle Laframboise remet les copies du test de conjugaison anglaise de la veille, et tante Lilianne a échoué, comme d'habitude. Rien de surprenant à cela, puisqu'elle ne fait jamais ni devoirs ni leçons. Il y a déjà près d'une semaine qu'elle vient en classe, et Gilles se rend bien compte que ça la tue... ou presque. Il faut pratiquement la tirer du lit de force, chaque matin. Elle se rend à l'école en marchant comme une zombie. Et ce n'est pas seulement en anglais qu'elle coule. Elle ne comprend aucune des matières. De plus, elle a été surprise deux fois à fumer dans les toilettes des filles, entre les cours.

— Tu devrais essayer d'étudier un peu plus, lui chuchote Gilles.

— Je suis allergique à l'école, Gilles. Trop de pression pour moi.

— Silence, Lilianne! gronde Mlle Laframboise.

— Désolée, Mam'zelle, marmonne tante Lilianne.

Gilles ne peut s'empêcher de sourire. Petit à petit, leur plan donne des résultats. L'école, les devoirs, le couvre-feu de huit heures, et les choux de Bruxelles au menu, tout cela commence à ébranler tante Lilianne. Ainsi que les leçons de piano. Chaque soir pendant une demi-heure, elle s'écrase devant l'instrument, sous la surveillance de sa sœur, et elle pioche sur les touches. Gilles ne sait franchement pas combien de temps elle va encore pouvoir tenir. Elle se trompe à toutes les deux notes. Alors, pour compenser, elle tape sur les notes de plus en plus fort, jusqu'à ce que M. Barnes décide que ça suffit amplement pour aujourd'hui, merci beaucoup!

Gilles tente un regard vers Kevin et Tina, à l'autre bout de la classe. Depuis une semaine, tous trois font semblant de s'ignorer. Gilles commence à s'ennuyer d'eux. Il ne comprend pas pourquoi, mais c'est ainsi. Sauf que ce n'est certainement pas lui qui va faire les premiers pas. Ils ne se sont même pas encore excusés du *petit pépin de rien du tout* qui lui vaut sa chevelure orange.

— Ça devient insupportable, Gilles, je n'en peux plus, lui souffle tante Lilianne à l'oreille, quelques minutes plus tard. Peut-être que cette histoire de rajeunissement n'est pas si formidable, après tout.

Gilles se contente d'opiner de la tête, tout en recopiant, dans son cahier, les verbes que Mlle Laframboise inscrit au tableau noir.

— Enfin, quoi, j'ai une folle envie de fumer, et je n'ai pas pris un seul verre depuis des siècles et...

— Lilianne! s'exclame la prof. Ça suffit pour aujourd'hui! Tu resteras en retenue après l'école!

— Oui, Mam'zelle, répond Lilianne d'une petite voix.

Mais voilà qu'elle bondit sur ses pieds, comme si un ressort s'était déclenché en elle.

— Une retenue! glapit-elle. Non, mais vous voulez rire! J'ai trente-six ans! Vous ne pouvez pas me coller une retenue!

Toute la classe la dévisage avec étonnement.

— J'en ai assez! Je n'en peux plus! dit-elle en se tournant vers Gilles. J'ai envie de fumer et de veiller tard. J'ai le goût de regarder la télé comme bon me semble, de manger ce que je veux et de conduire ma voiture. Les devoirs, c'est fini pour moi.

Et sur ce, elle quitte la classe en claquant la porte.

* * *

Lorsque Gilles rentre de l'école, tante Lilianne se trouve à l'étage avec tous ses étranges livres de recettes ouverts autour d'elle.

— Qu'est-ce que tu fais? demande-t-il.

— À ton avis? Je cherche une recette qui me redonnera mes trente-six ans. Je n'aurais jamais dû m'appliquer cette fichue pommade! Donne-moi un coup de main, d'accord?

Ensemble, ils épluchent les vieux bouquins, s'arrachant les yeux à déchiffrer les minuscules caractères d'imprimerie tout craquelés. La

poussière qui se dégage des pages les fait éternuer.

— En voici une qui permet de trouver de l'eau, dit Gilles.

— Et en voilà une autre qui efface les verrues, les cors et les boutons.

— Celle-ci promet de doubler ta fortune en une nuit, sauf qu'il te faut, pour ça, les oreilles d'une chauve-souris géante du Tibet.

Ils continuent à fouiller dans les livres mais, après une demi-heure, ils n'ont encore rien trouvé.

— Ces livres donnent plein de trucs pour rajeunir, dit tante Lilianne avec tristesse, mais aucun pour faire vieillir. Je pense que la chance nous abandonne, Gilles. J'ai bien peur d'être condamnée à rester comme ça pour toujours!

— Eh bien..., dit Gilles avec une certaine hésitation, je connais des gens qui seraient peut-être capables de t'aider.

— C'est vrai? Des sorciers? Des magiciens?

— Non, des génies.

— Gilles, je suis prête à essayer n'importe quoi. Même la science.

En soupirant, Gilles se dirige vers le téléphone et

compose un numéro qu'il connaît par cœur. Après une seule sonnerie, il entend une voix familière :

— Les Génies Quark incorporés. Que puis-je faire pour vous?

— Kevin, c'est Gilles. J'ai du travail pour Tina et pour toi.

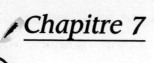

Une proposition d'affaires

— BON, écoutez-moi bien, vous deux, dit Gilles. Si je suis ici, c'est strictement pour affaires.

Lui et sa tante sont venus rencontrer Tina et Kevin dans leur sous-sol, là où est installé leur atelier.

— Je veux retenir vos services, voilà tout. Ma mère sera heureuse de régler vos honoraires. On s'entend là-dessus?

— Bien sûr, Gilles, dit Tina. Ou devrions-nous t'appeler Monsieur Barnes?

— Oui, répond Gilles après un moment de réflexion. Ce serait approprié, je pense. Oui,

Monsieur Barnes me conviendrait.

— Très bien. Kevin, souviens-toi de ça. Bon, alors maintenant, Monsieur Barnes, que pouvons-nous faire pour vous?

Gilles leur explique la mésaventure de tante Lilianne avec la superglu.

— Intéressant, commente Tina. Ainsi, son esprit est resté tout à fait le même. C'est seulement son corps qui a rajeuni.

— As-tu des suggestions? demande Gilles.

Tina réfléchit quelques secondes.

— Eh bien, la solution la plus évidente serait une transplantation de cerveau.

— Une quoi? fait tante Lilianne, alarmée.

— Je pourrais simplement retirer votre cerveau et le réinsérer dans le corps d'une personne plus vieille.

— Il n'en est absolument pas question! clame tante Lilianne.

— Nous essaierions de trouver quelqu'un qui vous ressemble, assure Tina. Enfin, plus ou moins...

— Gilles, dit tante Lilianne en secouant la tête, je te prie d'informer la docteure Frankenstein, ici présente, que je suis très attachée à mon propre corps et que je n'ai pas la moindre intention de m'en séparer.

— C'est noté, soupire Tina d'un ton impatient. Vous nous compliquez drôlement les choses, cependant.

Elle saisit une lampe-stylo et la braque dans l'œil de tante Lilianne.

— Est-ce que je pourrais au moins prélever un échantillon de cerveau? Juste un tout petit?

— Bon, ça suffit! se fâche tante Lilianne. Je m'en vais.

Gilles lui pose une main sur l'épaule.

— Je suis certain que Kevin et Tina peuvent trouver une solution un peu moins radicale, dit-il, en coulant à cette dernière un regard noir.

— Tout ce qu'on a à faire, c'est de la faire vieillir, pas vrai? dit Kevin, comme s'il venait de résoudre par lui-même un problème colossal.

— Oui, Kevin, confirme Tina. Mais comment? Voilà la question.

— Eh bien, on raconte qu'une peur bleue peut rajouter des années à l'âge de quelqu'un.

— C'est brillant, Kevin. Alors, qu'est-ce que tu

suggères? Qu'on la suive à la trace pour lui crier *Beuh!* toutes les trente minutes?

— Bon, d'accord, ce n'est pas évident.

— Pas du tout, en effet, dit Tina, qui demeure ensuite silencieuse.

— Je n'en reviens pas! dit Gilles. Je vous engage, tous les deux, et vous n'êtes pas capables de solutionner le problème!

— Je vous en prie, Monsieur Barnes. Rome ne s'est pas construite en un jour, rétorque Tina.

— Ouais, et certaines choses prennent simplement un peu de temps, opine Kevin.

— Kevin, soupire sa sœur, c'est exactement ce que je viens de dire!

— Sérieusement? Ah bon. En tout cas, donne-nous une journée ou deux, Gilles — pardon! je veux dire Monsieur Barnes. Les Génies Quark ne connaissent pas l'échec.

— Ah non? Et l'égouttoir de cervelle, alors? Et mes cheveux orange?

— L'égouttoir de cervelle, murmure Tina, pensive. Tiens donc, voilà peut-être une idée. Bon, maintenant, Monsieur Barnes, si vous voulez bien nous excuser, Kevin et moi aimerions nous mettre au travail.

* * *

En revenant à la maison, Gilles et tante Lilianne trouvent Mme Barnes en train de ranger le salon, vidant les cendriers, empilant les magazines de sa sœur, ramassant ses chaussettes et ses barrettes éparpillées çà et là.

— Oh, laisse-moi te donner un coup de main, dit tante Lilianne en ramassant vivement toutes ses traîneries. Je suis désolée, Élizabeth. J'ai été horrible avec toi. Je suis venue vivre dans ta maison et je l'ai transformée en un immense fouillis.

— Mais non, proteste Mme Barnes, sans conviction.

— Pas besoin d'être polie, allez. J'ai été une vraie peste, pas vrai?

— Eh bien, oui, admet Mme Barnes. Mais je suis désolée, moi aussi, Lilianne. Enfin, je veux dire, je sais que je ne suis pas très aimable quand tu restes avec nous. Je n'ai pas l'esprit très ouvert en ce qui concerne ton travail. Je devrais essayer d'être plus tolérante.

— Tu t'es montrée bien assez tolérante, je

t'assure. Et moi, ça fait déjà trop longtemps que j'abuse de ton hospitalité.

Au moment où les deux sœurs s'embrassent, un cendrier glisse des mains de tante Lilianne, et son contenu se répand sur le tapis.

— Où est l'aspirateur? demande-t-elle. Je vais tout nettoyer.

Mais voilà qu'au même moment, sous le regard de Gilles, tante Lilianne paraît soudain plus vieille — peut-être d'une année ou deux, pas davantage, mais plus vieille, tout de même. Le garçon cligne des yeux en se demandant s'il n'a pas de visions. Cela ne dure qu'une fraction de seconde avant que, brusquement, tante Lilianne retrouve son apparence de onze ans.

— Wow! s'exclame Gilles, le souffle coupé.

— Qu'est-ce qui se passe? demande tante Lilianne, en lui jetant un regard étrange.

— J'ai un coup de fil à donner.

Il se précipite à l'étage pour téléphoner à Tina et à Kevin.

Il a un plan à leur proposer.

Chapitre 8

L'égouttoir de cervelle

— IL FAUT VRAIMENT que je porte ce casque? demande tante Lilianne le lendemain matin, en tâtant l'amas de fils qui s'échappent de sa tête.

— Oui, ça va vous aider à focaliser les ondes de votre cerveau, explique Tina. Kevin, est-ce que la pile est complètement rechargée?

— Vous parlez des ondes du cerveau, comme dans la perception extrasensorielle? s'enquiert tante Lilianne.

— En quelque sorte, oui, répond Tina.

La tante Lilianne offre tout un spectacle, avec

l'égouttoir de cervelle solidement fixé sur sa tête, et une série de fils attachés partout sur ses bras, ses jambes, ses mains et ses pieds! De plus, elle porte ses vieux vêtements bouffants.

— Gilles, pourrais-tu m'expliquer le pourquoi de tout ceci?

— Eh bien, hier, quand tu as aidé maman à nettoyer, tu as eu l'air plus vieille, l'espace d'un instant. Je l'ai perçu très clairement. Et je pense que c'est parce que tu agissais comme si tu étais plus vieille. Alors peut-être qu'en passant toute une journée à accomplir des activités d'adulte, tu retrouveras ton physique d'avant.

— On a tout planifié votre horaire, dit Kevin.

— Et l'égouttoir de cervelle ne fera qu'accélérer le processus, explique Tina. Tout ce que vous avez à faire, c'est de vous concentrer, et l'énergie de votre cerveau aidera votre corps à vieillir.

— C'est pour ça qu'on t'a demandé de mettre tes vieux vêtements, ajoute Gilles. En grandissant, tu pourras simplement les remplir.

— Tout cela me semble vraiment ridicule, commente tante Lilianne.

— Tu veux vraiment revenir à ton âge, n'est-ce pas? demande Gilles.

— Tu parles si je veux!

Il est encore très tôt. Tina et Kevin sont arrivés chez Gilles au petit matin pour procéder à la grande expérience. Gilles saisit un chronomètre, et Tina et Kevin ont chacun un stylo et une planche à pince dans les mains.

— Nous sommes prêts à commencer, Monsieur Barnes, annonce Tina. Kevin, peux-tu mettre l'égouttoir de cervelle en marche, s'il te plaît?

Kevin appuie sur le commutateur du casque, qui se met aussitôt à bourdonner.

— Et voilà! dit Kevin. C'est parti.

Gilles surveille l'aiguille de son chronomètre.

— Cinq... quatre... trois... deux... un. Sept heures trente!

— Petit déjeuner! annonce Tina en consultant sa planche.

Ils se précipitent tous à la cuisine.

— Rappelle-toi, dit Gilles à sa tante, pas de céréales enrobées de sucre.

Tante Lilianne s'empresse de préparer la table et

de faire griller deux tranches de pain de blé entier, qu'elle mange avec un demi-pamplemousse. Après son repas, elle ramasse son couvert sale et le place dans le lave-vaisselle avant de passer un coup de chiffon sur la table.

— Parfait! dit Kevin, en cochant un des éléments de la liste, sur sa planche à pince.

— Huit heures! dit Gilles. Ménage dans la chambre!

Ils suivent tante Lilianne à l'étage et la regardent faire son lit, plier ses vêtements et ranger la pièce.

— Très bien, dit Kevin. Je pense que ça marche, Gilles.

Gilles jette un regard à sa tante. Déjà elle lui paraît un petit peu plus âgée. Mais il ne veut pas perdre une seule seconde sur l'horaire prévu.

— Huit heures trente! Lecture du journal!

Ils redescendent l'escalier quatre à quatre et se retrouvent au salon où ils observent tante Lilianne qui lit le quotidien du matin.

— Souvenez-vous, pas de bandes dessinées, précise Kevin.

— Et pas question d'allumer la télé non plus, la prévient Gilles lorsqu'il la surprend à regarder vers l'appareil.

— D'accord, d'accord, marmonne-t-elle en passant en revue les grands titres du jour.

Elle scrute ensuite les offres d'emploi, encerclant toutes celles qui pourraient lui convenir.

— À la banque, maintenant! dit Gilles.

Enfourchant leurs vélos, ils filent vers la succursale locale, où tante Lilianne va ouvrir son propre compte. Les clients et la caissière leur jettent bien quelques regards de travers — à tante Lilianne, surtout, dont l'égouttoir de cervelle commence à bourdonner pas mal fort. Mais celle-ci agit avec tellement de maturité que tout se passe sans trop de pépins.

— Excellent travail, dit Tina. Très adulte, comme comportement.

Lorsqu'ils reviennent chez Gilles, Tina les arrête dans l'entrée.

— Onze heures. Sauvetage du chat dans l'arbre!

— Le chat dans l'arbre? s'étonne Gilles. Ce n'est pas sur la liste!

— Une petite surprise, explique Tina. Ce matin,

j'ai demandé à Kevin de faire peur au chat, et il s'est réfugié là-haut dans cet arbre.

Obéissante, tante Lilianne se hisse de branche en branche et redescend en tenant le chaton frémissant. La petite bête se met alors à ronronner en la regardant avec adoration tandis qu'elle lui flatte la tête.

— Sauvetage réussi, dit Kevin, en cochant un autre élément sur sa planche. Gilles, ceci est stupéfiant!

Tante Lilianne ressemble maintenant à une adolescente très responsable.

— L'heure du dîner! annonce Gilles.

— Sans le moindre aliment congelé, ajoute Kevin.

À la grande surprise de Gilles, tante Lilianne réussit à leur concocter un délicieux repas. Au menu : crème de céleri et sandwiches au thon.

— Cent pour cent, dit Tina.

— Alors, ça va marcher? halète tante Lilianne.

— On est sur la bonne voie! dit Gilles.

Sa tante a maintenant atteint la fin de la vingtaine.

— C'est le moment de passer l'aspirateur dans la voiture! dit-il.

Comme elle termine le nettoyage de son auto, une fillette qui descend le trottoir en rouli-roulant tombe et s'érafle le genou. Tante Lilianne accourt aussitôt vers l'enfant en larmes et tamponne sa peau écorchée avec un mouchoir. Après une caresse réconfortante, elle lui recommande de retourner à la maison se faire appliquer un pansement.

— C'était au programme, ça? demande Gilles à Kevin, non sans admiration.

— Pas du tout, répond Kevin en chuchotant.

— Démonstration spontanée du sens des responsabilités, conclut Tina, en écrivant une petite note sur sa planche à pince. Très impressionnant. Je pense que nous y sommes presque, Gilles.

Le reste de la journée file comme l'éclair. Ils invitent tante Lilianne à écouter un concerto de Brahms du début jusqu'à la fin, puis ils lui font réciter les manchettes lues plus tôt dans le journal. Sous leur surveillance attentive, elle calcule ses impôts, nettoie l'intérieur du four et dégivre le congélateur. Elle aide Gilles à faire ses devoirs, passant une bonne demi-heure sur la conjugaison anglaise. Puis elle prend un rendez-vous pour son neveu chez l'optométriste. Enfin, elle tape son curriculum vitæ et envoie des demandes d'emploi.

Tante Lilianne vieillit maintenant à vue d'œil, remplissant peu à peu ses vêtements. Son visage n'est plus aussi lisse ni aussi rond. La regarder, c'est comme visionner une sorte de film où l'on voyage en accéléré dans le temps.

Tout d'un coup, la voilà redevenue elle-même.

— Arrêtez! crie Gilles.

— Coupe le contact! ordonne Tina.

Kevin se précipite vers l'égouttoir de cervelle pour faire jouer le commutateur.

Tante Lilianne inspecte son corps, examinant ses mains et ses bras. Kevin fait rouler vers elle un miroir en pied. Lentement, elle retire le casque.

— Oh, oh! dit Kevin.

Sa chevelure a raccourci et perdu un peu de son frisou, mais elle a aussi subi une autre transformation.

— Des cheveux orange! s'exclame tante Lilianne.

— Je pensais pourtant avoir réglé ce petit pépin, marmonne Tina en sourcillant de mécontentement.

— Ne t'en fais pas, j'adore ça! Quel merveilleux imprévu!

— Ouf, quel soulagement! chuchote Kevin à Gilles. Certaines personnes réagissent très mal aux cheveux orange.

— Et savez-vous quoi? enchaîne tante Lilianne en scrutant son image dans le miroir avec un sourire malicieux. Je pense que vous avez arrêté la machine une ou deux années avant le temps.

— Oh, eh bien, nous pouvons toujours vous organiser une autre séance dans l'égouttoir de cervelle, offre Tina, très sérieuse.

— Mais non, refuse tante Lilianne. Je suis très contente des résultats. Merci. À propos, les jeunes, vous pourriez faire fortune avec votre truc de cheveux orange.

— J'ose croire que les résultats sont également à votre satisfaction, Monsieur Barnes? s'informe Tina.

— Écoutez, vous deux, vous n'êtes plus obligés de m'appeler Monsieur Barnes, dit Gilles en souriant.

— Moi qui commençais à trouver ça amusant, remarque Kevin.

— Hum, Gilles, dit Tina, je ne sais pas si ça t'intéresse, mais les Génies Quark incorporés ont encore un poste à combler.

— Quoi, vous avez du mal à trouver des victimes volontaires? ironise celui-ci.

— Gilles, nous sommes vraiment désolés pour tes cheveux, dit Kevin. C'était méchant de rire de toi, comme ça. Mais tu sais quoi? Tu as lancé une mode à l'école! Pas plus tard qu'hier, j'ai vu deux autres jeunes avec des cheveux orange. Ça va marcher fort, tu verras. Et c'est toi qui l'as déclenchée!

— J'espère que tu vas réfléchir à mon offre, insiste Tina. Ce n'est pas si facile de trouver de bons partenaires.

— Je n'ai pas besoin d'y réfléchir, répond Gilles. C'est tout décidé. J'aimerais ravoir mon poste.

— Formidable! jubile Kevin. Et nous essaierons de ne pas t'embêter autant. C'est promis.

— Ne vous en faites pas, j'apprendrai à vivre avec vous, promet Gilles.

Table des matières

Kenneth Oppel n'avait que quinze ans quand son premier livre a été publié. Depuis, il a écrit beaucoup d'ouvrages, dont plusieurs ont obtenu des prix.

Ken habite à Toronto avec sa femme et ses deux enfants.